VENTE PUBLIQUE

du Jeudi 28 Octobre 1880

de dix heures à cinq heures

au Château de M. LE COMTE DU MAISM

à WATTIGNIES, canton de Seclin (N

(Gare de chemin de fer à sept kilomètre

par le ministère de M. COLLETTE, I

M.ᵉ Emile PAJOT, Commissaire-Pr.

Nationale, 69

D'UNE TRÈS-BELLE

COLLECTION de MEUBLES

anciens et rares

PORCELAINES ANCIENNES

de Chine , Saxe , Sévres , Japon , Inde . Italie , etc.

OBJETS DE CURIOSITÉ

& TABLEAUX

EXPOSITION

Particulière : le SAMEDI 23 OCTOBRE, de neuf à cinq heures
pour les personnes seulement munies d'un permis délivré
par M.ᵉ COLLETTE, à Seclin, et M.ᵉ PAJOT, à
l'Hôtel des ventes, à Lille.

Publique : le DIMANCHE 24 , de midi à quatre heures.

LILLE

Imprimerie CASTIAUX , grande place , 13

Départs des Trains :

	matin	matin
de Lille pour Wattignies .	8 h. 09	11 h. 50
	soir	soir
de Wattignies pour Lille .	2 h. 32	7 h. 33

CATALOGUE

CONDITIONS DE LA VENTE :

Elle sera faite au comptant.

Les adjudicataires paieront dix pour cent en sus du prix d'adjudication, plus le droit de criée.

L'exposition mettant les amateurs à même de se rendre compte de l'état et de la nature des objets, il ne sera admis aucune réclamation une fois l'adjudication prononcée.

I.

Meubles anciens

1 Meuble de salon Louis XVI, composé de six fauteuils et
six chaises garnis en tapisserie.

2 Un meuble de salon Louis XVI, composé de deux
causeuses, quatre fauteuils et deux chaises recouverts
en Perse.

3 Deux grands divans et un écran Louis XVI, garnis
en Perse.

4 Deux fauteuils et deux chaises Louis XVI.

5 Quatre chaises Louis XIII en chêne, garnies en moles-
kine maure doré.

6　Deux fauteuils et deux chaises Louis XV.

7　Deux fauteuils Louis XVI.

8　Deux fauteuils et deux chaises Louis XV garnis en cretonne Pompadour.

9　Deux fauteuils et deux chaises Louis XVI, garnitures en Perse blanche.

10　Deux fauteuils et deux chaises Louis XVI.

11　Quatre fauteuils et deux chaises Louis XV.

12　Deux petites causeuses Louis XVI garnies en tapisserie.

13　Buffet Louis XIV en marqueterie de palissandre à fleurs, dessus en marbre griotte.

14　Deux encoignures Louis XIV, marqueterie de palissandre à fleurs, dessus en marbre griotte (assortis au buffet ci-dessus).

15　Table italienne en ébène incrusté d'ivoire; dans le milieu une plaque ivoire ornée de personnages, en dessous date de 1630.

16 Magnifique scriban Henri III marqueté d'ivoire colorié,
    tiroirs incrustés en Burgau, sur la porte centrale et
    dans une niche, un Amour en ivoire d'un travail fin.

Hauteur, 1,06, largeur, 1,15.

17 Superbe cabinet italien en ébène incrusté d'ivoire; sur
    les panneaux des personnages, fronton cintré, en
    parfait état.

Hauteur, 1,20, largeur, 2 mètres.

18 Scriban en écaille et ébène sur pied.

19 Table ovale Louis XVI en acajou, ornée de cuivres,
    provenant de la Malmaison.

20 Très-belle commode Louis XIII en marqueterie de
    palissandre à fleurs, ornements en cuivre.

21 Commode Louis XIII en marqueterie de palissandre
    à fleurs, ornements en cuivre.

22 Petite commode Louis XV en marqueterie de palis-
    sandre, tiroirs munis de poignées en cuivre doré.

23 Lit Louis XV en bois blanc.

24 Grand bahut en chêne Louis XIII, fronton finement
    sculpté.

25 Pendule Louis XVI, colonnes en marbre, très-rare.

26 Secrétaire Louis XVI en bois de rose et palissandre.

27 Une armoire Louis XIV en chêne.

28 Deux encoignures Louis XVI.

29 Grand buffet acajou Louis XV.

30 Bahut Louis XIII, panneaux de devant ornés de figures
    italiennes finement sculptées.

31 Superbe bahut Louis XIII en chêne sculpté.

32 Table-dressoir Louis XIV ornée de cuivres, dessus en
    marbre.

33 Très-beau buffet vitré Louis XIII en marqueterie de
    palissandre à fleurs, ornements en cuivre.

34 Un joli coffret chinois de forme carrée, en pierre de
    lare, personnages sur les quatre faces, piètement en
    ébène sculpté (pièce remarquable très-rare).

    Largeur des panneaux, 0,44.

35 Un coffre très-ancien de Constantinople, incrusté de
    nacre et écaille.

    Hauteur, 0,30, largeur, 0,60.

36   Buffet espagnol en chêne.

37   Petite commode Louis XIV, marqueterie de palissandre, poignées en cuivre, marbre chantourné.

38   Très-beau bureau plat en marqueterie de Boule, authentique et parfaitement conservé.

39   Bureau Louis XVI.

40   Bureau Louis XIV.

41   Table de nuit Renaissance en chêne sculpté.

42   Petite console-applique Louis XIV en bois sculpté.

43   Table longue Louis XIII, écaille et ébène.

44   Grand bureau Louis XVI, en acajou avec ornements en cuivre.

45   Deux grandes glaces ovales de Venise, cadres Louis XV, en bois sculpté.

46   Très-belle glace biseautée Louis XIV, cadre chène, fronton sculpté, beau travail.

       Hauteur, 1,35.

47 Grande glace de Venise, cadre Louis XIV, en bois doré
avec fronton, entourage en verre bleu.

48 Miroir Louis XIV.

40 Deux chenêts Louis XVI en cuivre doré.

50 Deux chenêts Louis XIII, cuivre doré.

51 Deux chenêts cuivre Louis XVI.

52 Lustre garni de cristaux anciens.

53 Quatre appliques Louis XVI en cuivre doré, dont deux
de Gouthière.

54 Deux flambeaux Louis XVI à trois branches en
cuivre doré.

55 Quatre chaises Louis XIV, non peintes.

II

Porcelaines anciennes

56 Magnifique garniture en vieux Chine polychrôme, composée d'une potiche avec couvercle et de deux cornets
montés sur pieds cuivre doré Louis XV, en parfait
état.

> Haut. de la potiche, 1 m.
> Haut. des cornets, 0,70

57 Très-joli candélabre à cinq branches, en vieux Saxe;
dans le milieu, Minerve assise.

58 Plat en Chine monté sur pied de guéridon en bois
sculpté doré.

59 Deux magnifiques potiches de Delft polychrôme gaufré avec couvercle.

Haut. 0,65

60 Deux paires de vases vieux Japon.

61 Vase en vieux Chine, monture en cuivre doré Louis XV.

62 Garniture composée de deux petites potiches en Japon vieux et d'une aiguière en Sèvres bleu, monture chinoise en bois finement sculpté.

63 Deux flambeaux en cuivre Louis XV formant bouquets, vases en verre de Venise.

64 Deux cache-pots en Sèvres, fleurs.

65 Plat rond en vieux Sèvres bleu, intact.

66 Plat rond en Delft polychrôme gaufré.

67 Deux assiettes en Delft polychrôme gaufré.

68 Deux assiettes en Faenza, anciennes.

69 Deux coupes en cristal bleu, monture Louis XVI.

70 Très-belle coupe ancienne en Faenza, montée sur argent.

71 Tasses indiennes.

72 Deux beaux vases en vieux Saxe à jour quadrillé, ornés de fleurs en relief, socle Louis XV.

Haut. 0,50.

73 Surtout de table en vieux Saxe vert.

Haut. 0,50.

74 Plat en faïence de Bernard de Palissy : Le baptême du Christ par saint Jean, beau relief parfaitement conservé.

75 Deux cache-pots en Delft.

76 Groupe en vieux Saxe, Amours.

77 Vases en cristal de Bohême.

78 Service en porcelaine de Tournai, à fleurs.

79 Lampes en Japon.

80 Deux coupes en Jade.

81   Grand vase en porcelaine anglaise, moderne.

82   Un bol vieux Chine, monture cuivre.

83   Un artichaut en vieux Saxe.

84   Deux vases en porcelaine céladon anglais, monture en cuivre doré.

85   Plats en Chine, Inde, Japon et Chantilly.

86   Service en Rouen moderne.

87   Petite coupe en laque de Chine, monture dorée.

88   Deux assiettes en Chine et Japon, très-anciennes.

III.

Objets de curiosité

89 Deux vases en bronze japonais, animaux et chimères en
relief, très-rares.

> Hauteur, 0,55.

90 Deux flambeaux en cristal de roche.

91 Paravent, panneaux ornés de peintures italiennes,
monture en vieux chêne.

92 Deux chimères en vieux chêne.

93 Pendule Louis XVI, sujet: *L'amour tendant son arc.*

94 Plaques en ivoire, fleurs sculptées.

95 Coupe en jade vert, pied sculpté.

96 **Deux chinois en bois sculpté.**

97 Soufflet Louis XIV en marqueterie de boule.

98 Une colonne en marbre, spath fluor.

Hauteur, 0,42.

99 Brûle-parfums en bronze japonais.

100 Très-joli brûle-parfums japonais, partie en argent ciselé (pièce rare et curieuse).

101 Livres chinois, reliure ivoire.

102 Coupe en bronze.

103 Lanterne chinoise.

104 Grand vase de vestibule en fonte ornementée, sur pié-
destal.

105 Tableau ancien sur bois (Adoration des Mages).

106 Deux tableaux d'après Téniers (Intérieur de ferme).

www.ingramcontent.com/pod-product-compliance
Lightning Source LLC
LaVergne TN
LVHW021502060726
842527LV00006B/2404

9782329295848